超級乖寶寶

碧娥翠絲・安梅 |文|

克柔德・K・杜伯瓦 |圖| 尉遲秀 |譯|

目錄

第一章 歐柔

如果有人問歐柔：她從什麼時候開始覺得當乖寶寶是一件愉快的事？她大概會覺得這個問題很難回答。

歐柔今年七歲，她最早的記憶差不多是進幼兒園上學的事，那時候她是三歲半。

可是，早在進幼兒園以前，歐柔就已經是一個公認的乖寶寶了。她是一個「多重優點的乖寶寶」——如果有這種說法的話。

她是保姆心目中的乖寶寶。保姆覺得歐柔比馬第亞乖得多，也比蘿拉漂亮得多。馬第亞是一個小男孩，比歐柔小六個月；蘿拉是一個小女孩，只差了幾天，不然就跟歐柔同一天出生了。他們都是由同一個保姆照顧的，在保姆家的時間也一樣久。這三個小孩，保姆都很喜歡，可是她沒辦法，她就是喜歡歐柔多一點。

她自己也知道，要當一個好保姆，就不能特別疼愛誰，她努力不要表現出她的偏心，她從來不說出口，只告訴了歐柔的爸媽。她幾乎是偷偷告訴他們的，她說：「歐柔真的是所有我帶過的孩子裡最乖、最漂亮也最聰明的。」歐柔的爸媽心裡想：保姆是不是對她照顧的每一個小孩的爸媽都說一模一樣的話啊？不過，他們還是很有禮貌的跟保姆說了謝謝，同時，他們心裡也想著：當然嘍，保姆說的這些話，用在歐柔的身上一點也沒錯，而且只適用在歐柔身上，保姆的說法完全正確。

雖然歐柔的保姆盡了一切努力，想要掩飾她的偏心，但是很多時候，她還是會不小心露出馬腳。譬如，吃點心的時間，連她自己也沒發現，但是她經常把最好的那一份拿給歐柔。散步的時間，她也不是故意的，但是她幾乎每一次都把歐柔放在三人座的推車上最好的那個位子。她幫小朋友圍餐巾的時候，總是不知不覺的把最漂亮的那一條餐巾圍在歐柔的脖子上。到了整理頭髮的時間，她梳理蘿拉亂七八糟的金髮，或是馬第亞幾乎是禿頭的那幾根毛，並沒有花上很多時間；比起來，她在這個小女孩美麗濃密的紅褐色長髮上花的心思，實在多太多了。當她看見歐柔開始打哈欠，她就忍不住一直想，該讓孩子們睡午覺了；當她聽到這個小女孩躺在床上開始咿咿唔唔說話，她就會覺得，午睡時間結束了。

透過這些跡象，還有其他很多跡象，保姆的表現很明顯：歐柔是她心目中的超級小乖乖，甚至是她的心肝寶貝。

當然，要當乖寶寶，也會有一些限制——歐柔跟馬第亞不一樣，她從來不會把保姆給他們喝的湯吐出來，就算湯真的很難喝；歐柔跟蘿拉相反，她從來不會大吵大鬧，也不會任性亂發脾氣，就算她真的很不高興。不過，當乖寶寶實在讓她覺得太愉快了，所以她也沒想過別的作法。

第二章　小寶貝

如果馬第亞和蘿拉會嫉妒她，還因此討厭她，或許歐柔會覺得當乖寶寶沒那麼愉快。可是，他們兩個好像得了傳染病似的，都很喜歡她。

蘿拉有一張胖嘟嘟的嬰兒臉，她的頭腦還算不錯，所以她很快就明白了，跟歐柔一起玩遊戲最有趣。歐柔說睡美人的名字也是歐柔，所以每次演公主的都是她，而蘿拉也願意演配角，不管是當女僕或是女主角的閨中密友、小妹都沒關係。因為比起馬第亞找她玩的那些無聊遊戲，蘿拉實在太喜歡這些配角了。馬第

亞常常只會發出一些類似機器的聲音，然後讓小汽車在保姆家亮晶晶的地板上跑來跑去。

說到馬第亞，他雖然年紀很小，卻很有美感，他就是特別喜歡歐柔那一對淺藍色的大眼睛，因為歐柔會輕輕拍他的小腦袋，叫他「寶貝」；這雙大眼睛的表情比起蘿拉那張無精打采的大臉活潑得多。

這兩個小朋友的方式不一樣，但是他們都表現得很明顯：他們喜歡歐柔，歐柔是他們的小寶貝。

當然，這也會給歐柔帶來一些限制。她跟蘿拉不一樣，如果沒有得到馬第亞的同意，她從來不會跟他搶玩具，就算他在玩的是她最喜歡的藍色熊寶寶；她跟馬第亞不一樣，她從來不扯蘿拉紮成一束束的頭髮，就算她想得要命。不過，當乖寶寶實在太愉快了，所以歐柔從來不曾想像，她可以有不同的作法。

第三章 家人

歐柔的爸媽不是會特別疼愛某一個孩子的那種人。不過家裡並不是只有爸爸、媽媽。家裡還有卡蜜兒，她是姊姊；還有托瑪斯，他是哥哥。

卡蜜兒和托瑪斯，他們兩個都對家裡的老么特別溺愛。他們總是在比誰對歐柔最好，誰能讓她露出微笑，誰能得到她的親吻。他們兩個都想成為歐柔的最愛，只要能讓歐柔開心，所有方法在他們的眼中都是好方法。

歐柔想要跟托瑪斯還有他的朋友們踢足球的時候，大家都很歡迎她。托瑪斯

是球隊的守門員，他偶爾會讓歐柔射門得分，讓這位小妹妹非常開心。

歐柔想要給她的布娃娃做家具的時候，喜歡做木工的卡蜜兒就會接下這個工作。她會花一整個下午幫她小妹的布娃娃做一把椅子、一張床或是一個衣櫥，而不是去鋸木板，做她自己想做的文具盒。

歐柔想要有人說故事給她聽的時候，托瑪斯就會放下他寫到一半的功課，拿起她最喜歡的故事書，唸一段給她聽。

歐柔怕黑，卡蜜兒就讓她來她的床上一起睡。早上歐柔精神飽滿的醒來，整個人橫躺在床墊上，她的姊姊卻捲成一團縮在床角，就怕吵到她睡覺。

如果家裡只剩下一塊蛋糕，那一定是給歐柔的。

當然，要當她哥哥、姊姊的小寶貝，也會帶來一些限制。她跟卡蜜兒不一樣，她從來不會在托瑪斯收集的足球明星照片上畫鬍子把他惹火；她跟托瑪斯不一樣，當卡蜜兒關在浴室裡半小時，照鏡子試穿新運動服的時候，她從來不會發出抗議。當乖寶寶實在讓歐柔覺得太愉快了，所以她從來不曾想像她可以有不同的作法。

第四章　幼兒園

歐柔剛上幼兒園小班的時候很驚訝，班上竟然有那麼多小朋友，而負責照顧大家的大人只有一個。這樣競爭變得很激烈，她的對手有整整十個小朋友，其中有男生有女生。這些小朋友很習慣當他們自己家庭世界的中心，現在，大家顯然認定在幼兒園裡的情況也是一樣的，所以都展現出自己可愛的一面，好吸引老師的注意。

歐柔可沒這麼容易就灰心。上學的第一個星期，她都在觀察，一個星期結束

後，她明白了三件事：一、老師喜歡我們聽她說話；二、老師喜歡我們讚美她做的事；三、老師喜歡我們把對她的讚美說給她聽。

關於第一點，對歐柔來說，聽老師說話不是太難——事實上，這個小女孩對一切都很好奇，她覺得老師說的話，大部分都很有趣。

關於第二點，就沒那麼容易了，還好歐柔受過很長期的訓練——她幾乎可以對任何事情表現出熱情，而且就算很無聊，她也可以完完全全忍住她的哈欠。作為一個專業的乖寶寶，歐柔知道如何表現出人們期待的行為。

關於第三點，歐柔的運氣很好，她天生就有一副長笛般的好嗓子，聲音傳得遠，又容易辨認，而且聽起來很有禮貌，所以她很容易就能讓老師知道，她對於老師說的、做的、解釋的事情有多麼著迷。

隨著這三條法則而來的，當然，又是一些限制。歐柔跟其他小朋友不一樣，她上課的時候從來不嘰嘰喳喳，而且老師說笑話的時候，她都會努力笑出來，就算那笑話不是真的很好笑。可是歐柔實在太想當乖寶寶了，所以她甚至不會問自己，是不是可以有不同的作法。

第五章　對手

一個月後，歐柔就只剩下一個對手了。那是一個叫做安哲羅的金髮小男孩，他似乎對於乖寶寶該做什麼也是熟悉得不得了。

歐柔覺得他人很好，可是她實在太習慣當唯一的乖寶寶了，所以她還是覺得這樣的情況有點怪。不過由於歐柔是一個很善良的小女孩，她其實也不希望是因為安哲羅犯下一些要命的大錯，而讓她成為班上唯一的乖寶寶。相反的，她變成安哲羅的好朋友，下課的時候跟安哲羅一起玩，上課的時候坐在安哲羅的旁邊，

結果老師總是同時提起他們，說他們兩個是她的小天使。

其他學生其實也有可能嫉妒歐柔和安哲羅，但是他們沒有。相反的，他們很喜歡歐柔和安哲羅，而且想盡一切辦法要成為他們的朋友。因此，班上每一個小朋友的慶生會，歐柔和安哲羅都會受到邀請。

歐柔是四月十八日出生的。輪到她決定邀請哪些小朋友來家裡參加慶生會的時候，她很煩惱，她可不想讓任何人難過。可是，所有在四月以前出生的小朋友都曾經邀請她參加慶生會，而且她也很確定，等時間到了，其他小朋友也會邀請她。少邀請一個人，等於是告訴他，她比較喜歡其他人。這可不是真的，因為歐柔沒有特別喜歡誰，只有對安哲羅有多一點點的喜歡。另一方面，歐柔雖然差幾天才四歲，但是她非常講道理，她知道爸爸媽媽不可能一次在家裡招待二十三個小朋友。

歐柔煩惱得不得了，這個星期三的下午，她的腦袋裡轉來轉去的，都是一些黑色的念頭。姊姊卡蜜兒問她要不要幫布娃娃做一個鞦韆，歐柔沒有反應，卡蜜兒一直追問她在為什麼事情心煩，歐柔才把事情說給她聽。

卡蜜兒跑去跟爸爸說，她知道爸爸一定能想出解決的辦法。

爸爸搔了搔腦袋，一副若有所思的樣子，然後說，他會好好想一想。

第六章　慶生會

這一天吃晚餐的時候，卡蜜兒問爸爸想到辦法解決歐柔的問題了嗎？

「沒問題，親愛的，」爸爸說：「我想出最好的解決辦法了，這樣我跟媽媽都不會太累，同時，也不會讓歐柔班上的任何一個小朋友傷心。」

歐柔的嘴上掛著一個大大的微笑，她抬起可愛的小臉聽爸爸說話。

「爸爸跟我討論過，」媽媽肯定了爸爸的說法：「照我們看來，最好的解決辦法就是：你不要辦任何慶生會。」

「而且要讓班上的每一個小朋友知道，這是當然的。」爸爸補充了一句。

一股沉重的寂靜籠罩在餐桌上。

「這太可怕了！」卡蜜兒叫出聲來，她的淚水快要湧上眼眶了。

「不會啦，」歐柔用她小小的聲音說：「爸爸、媽媽說得對。」

她努力讓自己不要哭出來。

「沒有人這樣做的，」托瑪斯抗議了：「你們都看到了，歐柔那麼想讓大家都開心，甚至你們說要幫她辦這種胡搞瞎搞的慶生會，她都不敢哭。」

歐柔的爸爸、媽媽互相看了一眼，笑了出來。

「你們真的相信了啊？」爸爸一邊咯咯笑，一邊問大家。

「你們真的以為我們要這麼做啊？」媽媽哈哈大笑。

歐柔、卡蜜兒、托瑪斯愣愣的互相看著。

「安哲羅也是四月出生的，」歐柔的爸爸說：「我已經打電話給他爸媽了，我想他們一定也跟我們遇到同樣的問題。」

「事情果然是這樣，」歐柔的媽媽肯定了爸爸的說法：「安哲羅也一樣，每個小朋友都邀過他參加慶生會，他也不想讓任何一個小朋友難過。」

歐柔看著爸爸，再看著媽媽，她的嘴巴張得大大的。

「我們決定一起慶祝你們兩個的生日，」歐柔的媽媽興高采烈的說：「班上所有小朋友都一起來蒙蘇里公園，一起玩遊戲，說不定還有布偶戲喔！」

這一回，歐柔有個好理由可以笑了。

第七章　乖寶寶法則

時間靜靜流逝。歐柔上了幼兒園中班，又上了大班。每一年都有一個新的女老師，雖然每個老師的腦袋和品味都跟第一個老師不一樣，但是大家都符合歐柔從上學的第一個星期就觀察到的三大法則：一、老師喜歡我們聽她說話；二、老師喜歡我們讚美她做的事；三、老師喜歡我們把對她的讚美說給她聽。

安哲羅一直和她同班，歐柔很喜歡這樣，因為她已經習慣跟他分享乖寶寶的角色，一點也不會覺得不開心。而且，安哲羅真的是一個善體人意的男孩，所有問題遇到他都不是問題了。這兩個小朋友並沒有碰過什麼真正的對手；班上偶爾會有新來的男生或女生，他們會帶來一點威脅，但是很快就排除了。其他小朋友，也就是認識他們也邀請他們參加慶生會的那些小朋友，他們從來不敢拿自己跟歐柔和安哲羅相比。

當然，這樣的地位會給他們帶來一些限制。他們跟他們的同學不一樣，歐柔和安哲羅從來不會在走廊上推任何人；有人跌倒的時候，他們也從來不會笑別人；有人不小心踩到他們的腳的時候，他們從來不會叫痛。不過，整個幼兒園的人都覺得他們是乖寶寶，這種感覺實在太愉快了，所以他們甚至不曾想像，事情可以不是這個樣子。

第八章　貝雅婆婆

歐柔成功演出乖寶寶的角色，不只是在幼兒園這個地方。一個超級乖寶寶會讓所有的人（非常不一樣的人、各種年紀的人、各式各樣的人）都覺得他是乖寶寶。

歐柔的家族裡有一個曾姑婆，大家都叫她「貝雅婆婆」。沒有人喜歡這個貝雅婆婆，因為她的行為舉止就像一頭熊。她心裡想什麼就會大聲說出來，她整天都在批評她的侄子、侄孫、曾侄孫，還有她的外甥、外甥孫、曾外甥孫所做的

事。她對他們結婚的方式很有意見（她自己從來沒有結過婚），她覺得他們不會養小孩（她自己從來沒有小孩），她覺得他們選錯了職業（她自己以前是鋼琴老師，而這個家族裡沒有人是鋼琴老師），她覺得他們做的事什麼好處也沒有。照她的說法，人類從事的大部分活動都是愚蠢、可笑、無益、無用的，而大多數人在那兒拚命工作，在那兒不顧一切的爭論，最好的結果就是讓別人開心，最糟的結果就是讓人瞧不起。

貝雅婆婆只對一樣東西有好感，那就是音樂。她對音樂的喜愛勝過一切。在她的家族裡，大家都知道，唯一能讓她心情變好的方法，就是讓她聽音樂。

當然，隨隨便便的音樂可不行。她不是很喜歡現代的節奏，像爵士樂、搖滾樂、饒舌歌或那些奇奇怪怪的音樂。她只喜歡古典樂，而且她很清楚的讓大家知道，她最喜歡那些聽得到小提琴的曲子。

對貝雅婆婆來說，小提琴是樂器之王。

在她的家族裡，大家都覺得這樣有點奇怪，貝雅婆婆這麼喜歡小提琴，然而她卻是鋼琴老師。不過事情就是這樣，而且因為大家都太怕她了，所以也沒人敢問她這件事。

歐柔幾乎不認識貝雅婆婆，她不太想理會這位老婆婆的喜好，她也聽說了這位老婆婆的脾氣很壞。不過有一天，在一場婚禮上，她整個下午都坐在貝雅婆婆的旁邊。歐柔對她微笑，遞東西給她吃，主動跟她說話，介紹她的布娃娃給她認識，跟她談起安哲羅。她運用了所謂的「老師三大法則」：她聽貝雅婆婆說話，讚美她做的事，並且把她的讚美說給她聽。結果是白忙一場。

到了傍晚的時候，歐柔只得承認這個事實：貝雅婆婆完全沒有表現出一絲喜歡她的樣子。歐柔不再是所有人心目中的超級乖寶寶了。

第九章　惡夢

這一天的夜裡，平常睡得像小嬰兒一樣熟的歐柔做了一個可怕的惡夢。

在夢裡，她起床，坐在餐桌旁邊準備吃早餐，可是沒有人看見她，沒有人注意到她。一開始她以為大家在跟她玩。她看到姊姊卡蜜兒坐下來卻沒有親她，就在歐柔的手往果醬瓶伸過去的時候，卡蜜兒竟然把果醬瓶拿走了，這時她還不太擔心。可是，她看到哥哥托瑪斯把長柄鍋裡剩下的巧克力牛奶統統倒進自己的碗裡，而不是像平常那樣問她要不要，她於是決定要有一點反應，她刻意露出微

笑，提醒托瑪斯。

沒有人注意到她的提醒。

歐柔沒生氣，因為生氣不是她的習慣，可是她真的覺得這樣很奇怪，尤其是她的爸爸和媽媽，他們好像也是什麼都沒發現。她咳了幾聲，想要引起他們的注意；她沒必要為了這種事打小報告吧，而且以前她也從來沒機會做這種事。可是她的輕咳還是沒有引起任何注意。

歐柔心想，她應該是在做夢吧，不然就是她變成透明人了，所以才沒人注意到她。可是過了一會兒，她聽到卡蜜兒對托瑪斯說：「你看到她那張臭臉了嗎？那個小鬼頭，她已經塗了好厚的一層，你看到了嗎？」歐柔差一點被果醬麵包噎到，她還聽到托瑪斯用同樣的語氣回答：

「對呀，她還以為自己是英國女王呢。好像我們得拜倒在她的腳下，她才會覺得舒服。」

接著，全家都冷冷的笑了。

這個小女孩覺得淚水快要湧上眼眶，可是她心裡想，一定不能哭。她站起來，準備去上學。她忍不住重重的嘆了幾口氣，結果她的姊姊說她聽起來像火車頭，她的哥哥說她是河馬。

她希望到了幼兒園，問題就會消失，可是事情並沒有改變。才剛走進遊戲間，就有兩個小男生跑來把她的襪子往下扯，平常的時候，這兩個小男生都是用崇拜的眼神看著她。接下來，她看到安哲羅和另一個小女孩手勾著手走進幼兒園，這時，歐柔向他們露出一抹親切的微笑，那個小女孩卻對她吐舌頭，而安哲羅看起來好像覺得這個畫面實在太好笑了。

歐柔心裡愈來愈難過了，最後，因為教室裡太吵，老師還罵了她，當然，歐柔並沒有開口，她靜靜的哭著。老師也沒理她，只當她是個小愛哭鬼……

歐柔醒了過來，臉上還帶著淚水。

她從來不曾因為醒來而覺得這麼快樂。

但是，她還是覺得有一點心煩。

她坐在餐桌旁邊準備吃早餐，卡蜜兒已經幫她在烤麵包上塗好奶油，同時托瑪斯也問她要不要喝最後一點巧克力牛奶，歐柔抬起頭不知對著誰說：「我去學小提琴好不好？」

第十章　小提琴手

當然，如果有人問歐柔，她一定不會說，她決定要拉小提琴的最主要原因，是為了變成貝雅婆婆心目中的乖寶寶實。可是她也很誠實，她會承認這個念頭對她的決定多少有一點影響。

在下一次的家族聚會上，歐柔想辦法又去坐在貝雅婆婆的旁邊。她對她露出最甜美的微笑，聽她說話，表現出對她所說的話非常讚賞的樣子，然後，這個小女孩宣布了她的決定。

「學小提琴？」老婆婆對她說：「真是個糟糕的想法！小提琴拉得不好的時候，世界上沒有比這個更傷耳朵的了。」

曾姑婆的反應讓歐柔很窘，而且上第一堂課的時候，她發現學一種樂器比她想像的困難得多，她差點就要放棄了。但是，她還是堅持下去。

幾個月後，在歐柔的祖父母結婚五十週年的家族聚會中，歐柔坐在牆角的地上，不小心聽到兩個姑姑的對話。

「你看到貝雅婆婆對喬治的態度有多糟嗎？」其中一個姑姑說。

「不看見也難吧！」另一個姑姑回答：「我就是不明白，為什麼還是有人非得把自己做的東西拿給她看不可。她對我們大家從來沒有客氣過。這種事大家早就該知道了……」

「是啊，有些事你永遠也猜不到，不過我告訴你，我可是聽到她在說一個人的好話，而且這是剛剛才發生的事，就在喝餐前酒的時候。」

「好話？真是讓人不敢相信！」

「算是好話吧……總之，不是批評的話。這已經很不容易了，你不覺得嗎？」

「是啊，那她說的是誰？」

「好像是歐柔在學小提琴。你知道這件事嗎？」

「知道啊，我聽說了。」

歐柔當然是家族裡大多數人心目中的乖寶寶，她所做的任何決定，每個人都會知道，而且有很多人會評論。

「嗯，貝雅婆婆說……我發誓，我可是親耳聽到的！她說：『事情發生得不算太早，這個家族裡終於有人明白，小提琴是一定得學的。』」

這段話之後，是一段長長的感嘆，說的是貝雅婆婆獨特的性格。

歐柔高興得臉都紅了，她走出牆角，去拿一點檸檬汽水來喝。她成為小提琴手的志向得到了肯定。

第十一章　恩內絲汀姑媽

這一年，為了重新粉刷房子，歐柔的爸媽花了很多錢，所以他們已經沒有錢了，不能像往年夏天那樣一家五口一起去度假。

這不是太嚴重的事，三個小孩也準備好不出遠門度假了，畢竟，夏天的巴黎是一個很舒服的城市。可是對歐柔的爸媽來說，他們還是想盡辦法要讓孩子們出去走走，至少也要離開一陣子，離開城市的汙染。

他們跟恩內絲汀姑媽（她是歐柔的爸爸的姊姊）商量好，讓三個小孩到鄉下

去找她玩。

歐柔、卡蜜兒、托瑪斯跟恩內絲汀姑媽不太熟，因為她不常來巴黎參加家族聚會。他們以前去過她鄉下的家，不過從來沒超過一、兩天，而且每次都是跟爸媽一起去的。

這是第一次，三個小孩自己搭火車。歐柔有一點害怕，但是她不敢跟姊姊或哥哥說，因為她很清楚，哥哥姊姊都認為她對他們的信任是百分之百的，哥哥姊姊也認為她知道只要跟他們在一起，不會有任何問題。

歐柔盡可能掩飾她的不安，可是她沒辦法不咬指甲。卡蜜兒是一個非常細心的姊姊，她立刻就發現了。卡蜜兒什麼也沒說，因為經驗告訴她，當我們提醒某人，他正在做一個機械性的焦慮動作，這只會讓他更想做這個動作。這時，卡蜜兒沒有教妹妹不該咬指甲，反而邀她玩「剪刀、石頭、布」，這麼一來，歐柔的手可忙了。她的腦袋因此也很忙，她的害怕，就消失了。

至於托瑪斯，他正在專心玩他的電動玩具，這是他用存了好幾年的零用錢買的，如果不是卡蜜兒和歐柔提醒他，他可能會坐過站。

恩內絲汀姑媽在車站的月臺上等他們。有些怪怪的事情正在發生，這是第一個訊號——恩內絲汀姑媽最先親吻的不是歐柔，她沒有說她真的好可愛，長高好多了，而是從卡蜜兒開始，她說了一些話稱讚她的金髮。

這件事讓歐柔覺得有點困擾：卡蜜兒的金髮又濃又密，很像迪士尼卡通裡的睡美人；可是歐柔的頭髮也很漂亮，而且顏色和質地都更像睡美人的頭髮。

可是大多數的時候，歐柔沒有任何理由去想這個問題，因為人們心目中的乖寶寶一直都是她。

恩內絲汀姑媽開她的「動物車」來接這幾個孩子，這是一輛後頭沒有加蓋的卡車，有時候她會拿來載運動物。歐柔覺得跟托瑪斯一起坐在卡車後面真是太好玩了。

這真是太好玩了，可是同時，她也覺得有一點點奇怪，因為跟恩內絲汀姑媽一起坐在前座的，是卡蜜兒和她的睡美人長髮。

還好，托瑪斯把他的電動玩具收起來，好照顧他的妹妹。他指著一路上所有從車旁經過的動物給她看，牠們正在原野上吃草。最常看到的是乳牛和綿羊，不過也看得到幾頭很小的小牛和小羊，牠們實在太可愛了，歐柔的心裡洋溢著快樂，她想著不知何時能去餵牠們吃東西，去摸摸牠們……成為牠們最喜歡的人。

第十二章　農場的生活

姑丈在農場等他們，他的身邊圍繞著一群狗，卡車一到，每一隻狗都使勁的吠著。要讓這些狗接受她，還得費一番功夫呢，她開心的想著。姑媽帶著他們認識環境，帶他們去看要住的房間。那其實不是什麼房間，而是一個堆雜物的地方，姑媽和姑丈在牆角堆了一落落舊報紙和一些奇奇怪怪的東西，在他們來之前，這些東西可能擺得到處都是吧。那裡有一張漂亮的床，銅製的床架，旁邊的地上放著兩個床墊。

「卡蜜兒，你的身高睡這張床剛好，」恩內絲汀姑媽說話的速度很快：「托瑪斯，你睡這張床墊，你呢，歐柔，我想那張床墊很適合你。」

歐柔點點頭。她覺得心裡有一點不舒服，可是也不知道為什麼。恩內絲汀姑媽一離開，卡蜜兒就走到她的身邊，把她抱在懷裡對她說，當然嘍，是歐柔，我們的小公主，是歐柔要去睡這張漂亮的銅架床。歐柔知道她的不舒服從哪裡來了——在正常的情況下，說這些話的應該是恩內絲汀姑媽。

「才不是呢，」歐柔堅定的露出微笑，她說：「我喜歡在地上睡床墊，別擔心，我覺得這樣很好玩。」

卡蜜兒緊緊抱了她一下，告訴她，她隨時可以改變心意。

歐柔帶了她的小提琴，她按時練習，小提琴老師對她的表現非常滿意。當然，她已經成為小提琴老師心目中的超級乖寶寶。

她才把各式各樣的東西從袋子裡拿出來擺好，就急著去問恩內絲汀姑媽哪裡可以練琴。她心裡偷偷期待，帶著這把樂器去見姑媽可以引起她的好感。

「噢，我們的耳膜會被你刮破！」恩內絲汀姑媽驚呼了一聲。「怎麼會有這種怪念頭呢，拉這把爛樂器做什麼！你得到牛欄那邊去練習才行，我想到的只有那個地方。希望你拉這玩意，別讓我的乳牛擠不出奶才好。」

歐柔不敢相信自己的耳朵。從來沒有人在這麼短的時間裡對她說這麼多刺耳的話。這實在太不像真的了，她幾乎以為姑媽是在開玩笑。

可是這並不是玩笑。

第十三章　乳牛小白

農場上的日子平平靜靜的過去了。對這三個巴黎的小朋友來說，可以每天進行農事方面的探索，可以躲在穀倉裡，可以做各式各樣他們覺得稀奇古怪的事，說起來算是滿有趣的。

雖然她很喜歡所有這些好玩的事，但是她的心裡還是感受到一股奇怪的衝擊，其中夾雜著一點不公平的感覺。她不明白為什麼事情發展的方式跟平常不一樣。她一絲不苟的實行那些乖寶寶法則，聽恩內絲汀姑媽說話，津津有味的吃她

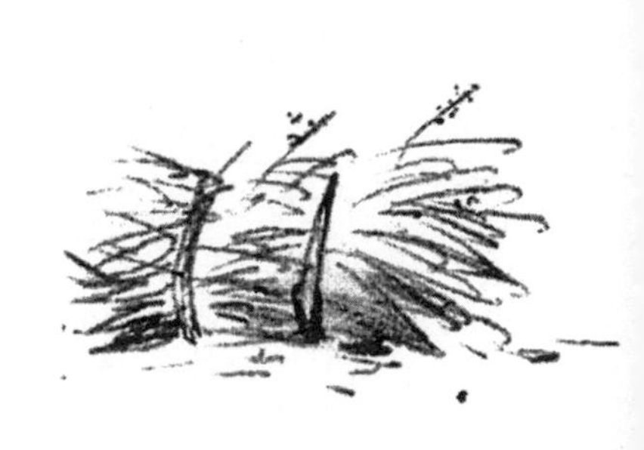

做的東西，乖乖的遵守她的規定，對她擠出微笑，而且從來不放過任何讚美姑媽一舉一動的機會……可是完全沒有用，恩內絲汀姑媽的眼睛還是只看著卡蜜兒，而卡蜜兒其實很少有機會扮演乖寶寶的角色，所以她忙得忘記要疼愛她的妹妹。

歐柔不是那種會大吵大鬧或抗議的小朋友，她從來沒有機會做這種事，也做不出這種事來。最初幾天，她接受她認為明顯不公平的事，什麼也沒說。她的心裡有一種很深的不舒服，只有去牛欄練習小提琴的時候，她才會忘記。乳牛似乎很喜歡聽音樂，而牛欄的味道真的很好聞。

有一天，歐柔在練習小提琴，她發現兩頭乳牛當中，有一頭已經把所有飼料都吃完了，另一頭還在那兒細嚼慢嚥。還在細嚼慢嚥的是一頭很漂亮的白色乳牛，兩隻褐色的眼睛大大的。牠的名字是「小白」，牠是歐柔最喜歡的乳牛。另一頭乳牛比較普通，看起來也很友善。

歐柔觀察兩頭乳牛，她發現第二頭乳牛顯然還很餓，而第一頭已經飽了。

歐柔把小提琴放在麥桿堆上，往那個依然半滿的飼料槽走去，她把自己的分析說給白色的乳牛聽。

「小白，你看，你隔壁的好朋友，牠還很餓，我分一點你的飼料給牠吃，好不好？」

這頭乳牛睜著褐色的大眼睛望著歐柔，歐柔覺得她看到這對眼睛放射出一道心靈相通的目光。

她用兩手捧起飼料，放進另一頭乳牛的飼料槽裡，這頭牛立刻嚼了起來，吃得津津有味，還用感激的眼神望著歐柔。

歐柔確定自己做了該做的事，於是又拿起她的小提琴，這時，有一個想法浮上她的心頭，這個想法跟乳牛肚子餓一樣清楚。

她可以接受，至少這一次，當乖寶寶的人是卡蜜兒。「姊姊，你知道嗎，我不一定每一次都要當乖寶寶，」稍後她遇到卡蜜兒的時候，她這麼跟姊姊說：「你可以繼續當乖寶寶。」

打從來到姑媽家的第一天，歐柔就覺得有一些沉重的東西壓在胸口。從這一刻起，她覺得輕鬆得不得了。她發現不當乖寶寶有很多好處，特別是她從此就可以搗蛋了。她可以不聽恩內絲汀姑媽的話；她聽到姑媽叫大家上桌吃飯的時候，還可以拖拖拉拉；她不整理房間裡屬於她的那個角落；她不把床單鋪好，她不吃她不是真正喜歡的菜……

這一切對歐柔來說都很新奇，她實在太習慣當所有人心目中的乖寶寶了，她從來不曾不聽話，從來不曾嘰嘰喳喳的聊天，從來不曾忘記任何事，從來不曾頂嘴，人家給她吃什麼她就全部吃下去，總之……她做任何事都很完美。

現在，她不再堅持要做那些事，這就已經夠愉快了，她甚至還在一旁看著卡蜜兒非常認真的在做那些事。

歐柔終於不再覺得不舒服，她覺得這樣很好玩。

第十四章　上小學

暑假終於接近尾聲，火車載著歐柔回爸爸媽媽家，她在車上哭了起來。卡蜜兒和托瑪斯趕緊安慰她，他們抱著她，跟她說回家之後要給她吃蛋糕、吃糖果、吃巧克力……

歐柔不是很清楚自己為什麼要哭，但她就是覺得心裡很亂，她不是真的想要回家。

然而，她也很高興可以回家，幾個小時之後，她完全忘了在火車上讓她難過的那些奇怪的感覺；有人說是因為太累了，後來，就沒有人再擔心這件事了。

歐柔的生活重新上了軌道。今年她要上小學了。最讓她心裡不安的，是安哲羅搬家了，他不再和她同班。最初幾天，她真的覺得自己少了很多東西，好像有什麼重要的東西忘在家裡似的。還好，她在幼兒園小班發現的那三條法則，在小學依然非常適用。她緊緊抓住這三條法則，於是，一、兩個星期後，她已經當這個班上的乖寶寶當得很習慣了。

老師有事不在教室的時候，她會請歐柔幫她看著班上所有的小朋友。督學來班上督導的時候，老師會拿那些最困難的問題問歐柔。老師覺得哪一個小朋友需要教訓一下的時候，她會叫歐柔帶這個小朋友去校長室。

當然，這個乖寶寶的角色會帶給她一些限制。這麼一來，她就跟其他小朋友不一樣了，她永遠不可以在老師離開教室的時候，在黑板上畫那些好笑的圖——

就算她心裡真的很想。督學來班上督導的時候，她也不能為了好玩而講一些蠢話回應老師的問題。當然，她得帶那些小朋友去校長室聽訓，就算他們苦苦哀求，她還是得帶他們過去。

不過當乖寶寶實在太愉快了，歐柔甚至沒有想像過，她的生活可以有不同的樣子。

第十五章 如樂

歐柔帶去校長室的經常是如樂。如樂的時間都花在一些不該做的事上頭：他在椅子上扭來扭去生，扮各式各樣的鬼臉，扯前面小女孩的辮子，故意讓書包掉下去，有時候甚至把抽屜裡的東西都倒在地上，然後再撿個沒完沒了……不過如樂其實對人很好，不管怎麼說，歐柔從來不覺得對他有什麼好抱怨的。說實在的，如樂對她算是不錯。

有一件事讓歐柔很欣賞如樂，那就是如樂從來不曾求她不要帶他去校長室。

這讓歐柔鬆了一口氣，因為她也不想造成任何人的痛苦，就算是一個該挨罵的小朋友也一樣。可是，老師的話她不能不聽。

有一次，在帶著如樂往校長室走去的路上，她和如樂聊了起來，她心裡偷偷希望自己可以幫助他。

「如樂，說實在的，為什麼你要調皮搗蛋呢？」歐柔問他。

「我也不知道，我就是想這麼做。」

「你不希望有一天大家都以你為榮，大家都說你是一個很乖的小孩，希望學校裡的男生都拿你當榜樣？」歐柔又問他。

「我不知道耶，」如樂說：「也許希望吧，或許那樣也不錯。」

「嗯，好，」歐柔說：「這不會很難，你只要乖乖做你該做的事就好了。我知道你一定做得到。」

「我才不信。」如樂說。

「真的，我沒騙你！」歐柔大聲說：「你該不會跟我說，以你的聰明……」

「謝謝你喔。」如樂說。

「真的啦，你很聰明。」歐柔繼續說：「你該不會跟我說，像你這麼聰明的男生會沒辦法閉上嘴巴，乖乖把東西整理好，聽老師講話吧？」

「你說呢？」如樂說。

「我跟你說，」歐柔提議：「如果你要的話，我可以把我的祕訣告訴你，那是我在幼兒園的時候發現的，兩三下就可以讓你變成班上的乖寶寶。」

「快說吧。」如樂一副很有興趣的樣子。

「有三條法則，」歐柔解釋：「只要好好實行這些法則就行了。」

歐柔把那三條保證有效的法則說給他聽，這些法則可以讓學校裡的老師、很多大人，甚至幾乎所有的小朋友都覺得他很棒。

「可是如果我覺得老師說的事情不有趣呢？」如樂這麼說。

「怎麼會呢！」歐柔大聲說：「老師說的事情都很有趣。」

「好吧，可是你總可以想像一下吧。」

「你是說，譬如我們遇到一個壞老師？」

「對啊。」

「呃……，」歐柔想了一下：「……壞老師……我想，這三條法則還是可以用吧……」

「當然嘍。」如樂說。

「我想，得假裝聽起來有趣吧，就這樣吧。」歐柔的聲音聽起來似乎沒那麼確定了。

「假裝！這樣很虛偽吧！」如樂大聲說。對他來說，說實話比什麼都重要。

「你又不一定要把你不贊同的部分說給老師聽，」歐柔更正了她的說法：「而且不管你心裡怎麼想，也沒必要把細節都解釋給老師聽呀。」

「這樣就是虛偽。」如樂很堅持。

「總之，想這些是多餘的，因為我們有一個很好的老師。」歐柔打斷他的話：「現在我們要小心了，校長室快到了，我們最好別說太多話，不然會惹得校長更不高興。」

校長罵完如樂以後，歐柔和如樂一起走路回家。

「怎麼樣，」歐柔問他：「你有興趣改變你的行為嗎？」

「我想過了，」如樂說：「答案是不要，我不想。」

「為什麼不要？」歐柔很驚訝。

「其實，我不想要乖乖聽話，我想要動來動去，扭來扭去，搖來搖去。我覺得這樣比較好。」如樂說。

「你喜歡像這樣動不動就被送去校長室挨罵嗎？」

「不喜歡，」如樂說：「不對，我喜歡。其實，我滿喜歡這樣的。」

「為什麼？」

「因為這樣我才可以跟你說話。」

第十六章　婚禮

歐柔不停的練習小提琴，現在她已經進步到可以公開演奏了。她在堂哥結婚時表演拉琴，因為堂哥要每一個小朋友都準備一點特別的東西。卡蜜兒寫了一首可愛的小詩，用很好玩的方式描寫新娘。至於托瑪斯則是用有點像漫畫的手法畫了一張圖，他很喜歡這張圖，上面畫的是這對新人站在一個花朵盛開的花園裡，擺出漂亮的姿勢。

歐柔從來不曾在這麼多人面前演奏過，開始演奏前，她有一點怯場。不過還

好，開始之後，整首曲子她都沒有出任何的差錯，當所有人都鼓掌的時候，她好開心。

讓她更高興的是，到了用餐的時候，有一個姑媽跑來找她，跟她說貝雅婆婆最近身體不太好，她也來參加婚禮了，她特別要求讓小提琴手坐在她的旁邊。

「我很抱歉，」阿勒豐信姑媽說：「我知道你喜歡跟其他小朋友一起吃東西，可是你也知道貝雅婆婆，她也很少要求這種事……而且，我想她的身體真的不太舒服……」

歐柔露出可愛的微笑，說她一點也不覺得有什麼不好。其實這不完全是實情，但是歐柔很習慣做這種事。而且，眼看她的努力就要達成目標了，這讓她真的很高興。

貝雅婆婆給了她一個大大的微笑之後，開始跟她說關於家裡每一個人的笑話和一些真的很有趣的事。她跟她說了好幾代以前的故事，有的是愛情故事，有的是復仇的故事。歐柔聽得十分著迷，整頓飯她都在聽這位曾姑婆講故事。

「你知道你讓我很開心，」最後，這位老婆婆這麼說：「我從來沒有想過，我活著的時候，竟然還可以在這個要命的家族裡聽到有人用樂器弄出好聽的聲音，更別說是小提琴了。你今年幾歲了？」

「七歲。」歐柔說。

「七歲。很好。真的很好。」貝雅婆婆好像想著什麼，反覆說著同樣的話。

「說不定有一天，我會把我七歲時發生的事說給你聽。」

「好啊。」歐柔拉著曾姑婆的手，因為她似乎看見曾姑婆皺皺的眼角出現了一顆淚珠。

「去找你的小朋友們玩吧，」老婆婆顯然因為自己真情流露而覺得有一點不好意思：「不過你要繼續練習喔，讓我以你為榮，要答應我喔。」

歐柔有一點感動，她答應了。

到了晚上，消息傳遍整個家族。歐柔成了貝雅婆婆心目中的乖寶寶。家族裡覺得她是乖寶寶的人（換句話說，也就是每一個人）都很開心。「貝雅婆婆也沒那麼壞嘛，」大家都說：「既然她也喜歡我們小歐柔的話。」

第十七章　乖寶寶和討厭鬼

歐柔把她坐在貝雅婆婆旁邊用餐的事情仔仔細細的說給如樂聽。

「聽起來貝雅婆婆真的太棒了。」如樂說：「嘿，要不要吃餅乾？我的餅乾好像有一點太多了。」

「好啊，謝謝。」歐柔很清楚，其實，如樂的餅乾並沒有太多，他給她是因為他對她很好。「是啊，我也覺得貝雅婆婆的人很好，可是我們家族裡，好多人都討厭她。」

「這又沒什麼。」如樂說。

「怎麼會沒什麼呢，」歐柔抗議：「所有人都討厭的人……」

「又怎麼樣？」如樂說。

「大家會討厭這些人也不是沒有理由的。」歐柔用她漂亮的牙齒咬了一口如樂給她的餅乾。「那是因為這些人有問題。」

「那你覺得我有問題嘍？」如樂很認真的問她。

「又不是所有人都討厭你！」歐柔大聲的說。「其實，大家都喜歡你。你只要下決心乖一點，你就知道了，變成老師心目中的乖寶寶其實很簡單。」

「這種事我才沒興趣呢。」如樂說。

「為什麼呢？」歐柔很驚訝。「我跟你保證，那是很愉快的事。你看貝雅婆婆，如果我沒有變成她心目中的乖寶寶，她才不會講這些故事給我聽呢。」

「啊，這是不一樣的。」如樂說：「當貝雅婆婆心目中的乖寶寶，這種事很有趣。可是要當老師心目中的乖寶寶……老實說……」

「我不明白，為什麼你覺得如果是貝雅婆婆的話就很好，是老師的話就不好，」歐柔真的很驚訝，她說：「當乖寶寶本來就是一件好事啊。還要看是誰的乖寶寶的話，那就太沒有原則了吧。」

「我是我媽媽的乖寶寶，」如樂說：「我覺得這樣就夠了。」

「你媽媽心裡只有你這個乖寶寶嗎？這樣對你的兄弟姊妹不公平吧。」歐柔發出抗議。

「我沒有兄弟姊妹。」如樂說。

「嗄，你是獨生子喔？真想不到。」

歐柔知道她剛才說了蠢話。如樂似乎不是很喜歡當獨生子。

「那你爸爸呢?他也覺得你是乖寶寶嗎?」歐柔很怕他們會偏離原來的話題。

「我也沒有爸爸。」如樂說。

他的聲音有一點顫抖，歐柔很不安，她心裡想著，她沒有把話題拉回來，反而讓情況變得更糟。不過既然已經這樣了，她得把事情弄清楚。

「你的意思是，他已經死了嗎?」她問如樂。

「我的意思是，我不知道我爸爸是誰，他也從來沒有照顧過我。」如樂說。

歐柔真的覺得對如樂很愧疚。她知道這種情況是存在的，可是，以前她從來沒有任何朋友的家裡是這樣的情況。當然，有一些同學來自重組的家庭，他們的爸媽是離婚之後再結婚的。可是他們的爸媽只會太多不會太少，他們有兩個爸爸，或是兩個媽媽，有時候甚至爸爸媽媽各有兩個。

「對不起，我不知道……」

如樂露出淺淺的、勇敢的微笑。

「你別在意，這種事真的沒什麼大不了的。反正我從來沒有過，所以我也不會覺得少了什麼，你明白嗎？」

「當然嘍，」歐柔笑著說：「而且你媽媽真的很愛你。」

如樂點點頭。

「她真的很愛我，所以我已經覺得太滿足了。」

「那你在學校調皮搗蛋，她不會擔心嗎？」歐柔問他。

「我想不會吧，」如樂說：「我在學校被處罰的時候，她從來不會罵我。我甚至覺得她以我為榮。」

「以你為榮，這怎麼說？」歐柔很驚訝。

「她覺得男生本來就會調皮搗蛋，」如樂說：「男生天生就是這樣。」

「才不是這樣呢，這樣很蠢！」歐柔大聲說：「我有一個朋友，他叫做安哲羅，他從來不調皮搗蛋；他可是男生喔！你看克蕾莉亞，她什麼調皮搗蛋的事都做，可是，她是個女生！」

「我知道，」如樂說：「可是我媽媽就是這麼想嘛。對她來說，男生調皮搗蛋是很自然的事。所以，她從來不會罵我。」

「我覺得這樣真的很可惜，」歐柔說：「你這麼聰明，而且其實你人很好。」

「好啦，」如樂希望歐柔沒發現他有點臉紅了。「我們去跟大家玩躲貓貓吧。」

第十八章　勇氣

如樂告訴歐柔的事讓她很有感觸。她跟爸媽說了，也跟卡蜜兒和托瑪斯說了，大家都告訴她，還沒多久以前，女人自己生小孩可是會被指指點點的，就算現在不會了，但是對如樂和他的媽媽來說，他們自己過生活還是很不容易。

「從你告訴我們的事來看，我想如樂身邊少了一些可以參考的對象。如果他媽媽一直都覺得他是乖寶寶，而且以他的調皮搗蛋為榮，他當然會覺得，為什麼他要停止這麼做？」

「可是我想幫助他呀，爸爸！」歐柔發出抗議，她不接受這樣的說法，她不認為如樂的命運永遠就是這樣——他跟老師和校長之間永遠都會有問題，理由只是因為他沒有爸爸，而他的媽媽太疼愛他。

「你不能『教育』你的朋友，」歐柔的媽媽說：「不過或許他跟你說話的時候，你可以引導他想一下，讓他有所改變。」

「我相信如樂很喜歡你，」卡蜜兒加了一句：「為了你，他一定可以做一些努力。」

「可是你要小心喔，如果希望這麼做有用的話，你就不能對他有任何要求。」托瑪斯補充了他的想法：「換作是我，如果有一個我真的很喜歡的女生，我覺得她想要我做某一件事，可是她讓我自己決定要不要這麼做，那會比直接要求我去做，讓我想做十倍。」

歐柔很喜歡跟如樂在一起，她聽了這些建議，決定不再對如樂說乖乖聽話有什麼好處，她決定跟他聊其他話題。

在他們各式各樣的話題裡，有一個話題經常出現，而且很明顯的，如樂特別喜歡這個話題，那就是：貝雅婆婆。

「為什麼你這麼喜歡聽我說曾姑婆的事？」有一次歐柔問他。

如樂又調皮搗蛋了，歐柔正要帶他去校長室。

「我為什麼喜歡聽你說她的事啊……」如樂集中精神，很認真的想著，想得鼻子都皺了起來。「那是因為她不在乎，她不在乎別人喜不喜歡她。」

「你覺得她也是她媽媽心目中的乖寶寶嗎？」歐柔笑著問他。

「我不知道，不過一定有什麼原因，她才會不在乎到這種地步。對她來說，別人怎麼想都一樣。她真是太強了。」

現在，換歐柔認真的想。「我看不出這有什麼強的耶。因為她不在乎人家喜不喜歡她，結果造成很多人的痛苦……譬如，她跟我的姑姑們直話直說，弄得她們很難過……我也看不出來這樣有什麼好的。」

「或許吧，」如樂也認真想了一下。「可是另一方面，如果我們太想讓別人喜歡我們，有時候，我們會說謊，或是變得虛偽。說實話可是需要勇氣的。我就是因為這樣才喜歡貝雅婆婆。」

「我懂了，」歐柔對他說：「我知道你喜歡勇敢的人。勇敢一點吧，這是你需要的，你一天到晚都在挨罵！」

這時，歐柔敲了校長室的門。

歐柔不相信自己竟然說中了。走回教室的路上，如樂低著頭，一副很難過的樣子。

「校長今天心情不好嗎?」歐柔問他。

「嗯。」如樂說。

他的聲音在顫抖，好像就快要掉眼淚了。

「她對你很凶嗎?」

「超級凶的。」如樂說。

他在走廊上停下腳步，把他垂頭喪氣的一張臉轉向歐柔，解釋給她聽：

「校長說我媽媽很軟弱，管不了我。如果我繼續這樣下去，她就要把我送去『少年感化院』。歐柔，你告訴我，這不是真的!這不是真的!」

歐柔也不知道「少年感化院」是什麼，可是如樂這麼苦惱，她只得趕緊跟他說，那是騙人的。

「校長這麼說是想讓你害怕吧。她只是在嚇你的。不要擔心，如樂，沒有人會把你送去任何地方。」

這時候，發生了一件難以想像的事，班上的小魔王如樂竟然一下子撲在歐柔的懷裡哭了起來，還跟歐柔說謝謝。

歐柔一開始有點吃驚，她用全身的力氣把如樂愈抱愈緊，然後輕輕摸著如樂的頭——她心情很差的時候，卡蜜兒也會這麼做。

幾分鐘以後，他們回到教室，一副什麼事也沒發生的樣子。

不過現在，有件事是肯定的——如樂和歐柔變成了好朋友。

第十九章 如樂的轉變

歐柔真的很替如樂擔心，她不能完全確定，校長的威脅是不是只是嚇嚇人而已——雖然她的爸媽已經跟她說過，沒有人會只因為他的媽媽覺得他調皮搗蛋很好玩，就被送去「少年感化院」。而且，她看如樂也跟平常不太一樣，這讓她很難過。

歐柔的爸媽提議要邀請他來家裡玩，先來玩一個下午，看看情況如何。

歐柔好開心，不過她還是有一點怕，她不知道如樂會不會玩得太瘋，嚇到爸

爸媽媽。

她心裡也想著，不知道如樂的媽媽是什麼模樣。由於她工作的地方滿遠的，所以早上送如樂來學校的從來不是她，而由於歐柔不會留下來參加晚自習，所以她也從來不曾在晚上看到如樂的媽媽來接他。

歐柔想像她應該長得很特別，有一點像《一〇一忠狗》裡面的那個壞女人，或是像《白雪公主》的巫婆後母。結果她很驚訝，甚至該說是失望，她發現如樂的媽媽長得跟學校裡很多小朋友的媽媽們沒什麼兩樣。她一點也不特別，髮型不特別，穿衣服也不特別，說話的方式也不特別。她看起來「人很好」，就像歐柔的爸媽後來說的，可是就只是這樣，沒別的。

還有一件事也讓歐柔感到驚訝，不過這驚訝讓她很愉快，那就是如樂的態度。一整個下午，他的表現就像一個教養很好的小孩。歐柔的媽媽問了一些笨笨的問題，他彬彬有禮的回答她；吃完下午茶之後，他把自己的盤子拿進廚房；他對托瑪斯說了一些聰明的看法，托瑪斯覺得很棒；歐柔決定要玩「大富翁」時，他就跟她一起玩；卡蜜兒安排了一個尋寶遊戲，他也玩得很開心；到了該回家的時候，他向歐柔的爸媽說謝謝，感謝他們的招待。

如樂和他的媽媽走了以後，歐柔的爸媽對他讚不絕口，大家不明白，這麼討人喜歡的男孩子怎麼可能會是班上的小魔王呢？

「一定有什麼地方不對勁。」歐柔的爸爸說：「如樂不是我們平常說的那種問題兒童，不然，他不可能整個下午都這麼乖。」

「我建議邀他來過一整個週末，」歐柔的媽媽說：「這樣我們就可以看個清楚啦。」

第二十章　搗蛋鬼？

如樂受邀來歐柔家的那個週末過得十分順利。如樂還是跟第一次下午來的時候一樣，像個教養非常好的小男孩。人家跟他說話的時候，他清清楚楚的回答；他把自己盤子裡的菜吃光光；雖然他來作客，他還是鼓勵歐柔像平常一樣練習小提琴——他說他實在太喜歡聽她演奏音樂了。

如樂的媽媽比約定的時間早了一點來接他。她向歐柔的爸媽解釋，她說她很難自己打發一整個週末。自己一個人在家，沒有如樂，這種事從如樂出生之後，

從來沒有發生過。

歐柔的爸媽跟她說，她一定要習慣為自己做一些事。他們問她可不可以常常邀如樂來家裡玩。他們還說，家裡有一個這麼乖的男孩子，對他們來說是很快樂的事，歐柔很開心，而且如樂會幫忙，不會造成他們的負擔。

如樂的媽媽看起來似乎有點驚訝，她沒想到她的兒子會在別人家掀起這麼大的熱情。她問他們，如樂真的沒有做任何調皮搗蛋的事嗎？歐柔的爸媽跟她說沒有，她卻堅持說他一定有，一定是偷偷做了。她很了解如樂，他是一個不折不扣的搗蛋鬼。

第二天在學校，歐柔問如樂，他媽媽說的是真的嗎？他很難過，因為他的好朋友竟然問他這種問題。歐柔趕緊說她是開玩笑的，她早就知道他什麼調皮搗蛋的事也沒做。可是他媽媽竟然這麼確定他是個搗蛋鬼，這種事還真奇怪。

第二十一章　家族聚會

歐柔的爸媽忠於他們說過的話，邀請如樂來家裡度週末成了習慣，一個月一次或兩次。歐柔很高興，如樂的媽媽也漸漸習慣去想自己的事，而且只想自己的事，這樣的改變對她有很大的好處。至於如樂，似乎也覺得這樣的狀態讓他變得很快樂。

這個週末有一場家族大聚會，慶祝歐柔的爸爸和恩內絲汀姑媽的大姊五十歲生日。這一天，全家族的人都去了這個大姑媽的家。這個姑媽在巴黎郊區的家是一棟很大的別墅，外頭還有一個大得不得了的花園。

當然，歐柔帶了小提琴去。

或許因為如樂在場，或許因為她看到貝雅婆婆一邊聽一邊露出微笑，歐柔這首曲子從來不曾拉得這麼棒。所有人都鼓掌叫好，壽星姑媽過來親了她一下，眼眶裡泛著淚水。恩內絲汀姑媽大老遠跑來參加慶生會，她很誠懇的跟歐柔說，她真的很厲害，可以用這把爛樂器拉出這麼好聽的音樂。

過了一會兒，貝雅婆婆把歐柔和如樂叫到她的身邊。她先開口讚美歐柔的演出，接著歐柔介紹如樂給她認識，如樂咧著嘴，笑得露出滿口的牙齒。

「能看到您，我實在太高興了，」如樂說：「歐柔經常跟我提起您。」

「如樂很喜歡聽我講您的事，」歐柔說：「他整天都在問我關於您的問題。」

如樂的臉微微泛紅，他接著說：

「我最常問的問題就是，您怎麼會變得這麼強呢？可以不管其他人怎麼想。您一直都像現在這樣嗎？還是老了才變成這樣？」

歐柔見到如樂說話這麼坦率，覺得有一點擔心。她怕曾姑婆會生氣，把他們兩個趕到外面去玩。結果卻恰好相反。這位老婆婆露出一抹淡淡的微笑。

「你們坐下來，」她說：「讓我說給你們聽。」

於是她開始說，眼神彷彿迷失在過去的時光裡。

第二十二章 曾姑婆的回憶

「那時候我七歲，是一個跟大家沒有兩樣的小女孩。我有一個夢想就是成為小提琴家，我以為在我眼前的生命就像還沒寫上半個字的一本書。

生日那天我的父母告訴我，他們要給我一個驚喜。他們要我打扮一下，穿上最漂亮的洋裝，然後帶我出去。我還以為我們要去看什麼表演呢。那時候我最愛看布偶戲，或是看電影，結果其實都不是。他們帶我走進一棟有點陰暗的大公寓，那兒住著一位高大的女士，全身穿著黑色的衣服。

『這是你的音樂老師。』他們很開心的對我說。

我也很開心，過了一會兒我才明白，他們不是要讓我學我想學的小提琴，這位女士要教我的是鋼琴。

我不想讓我的爸媽難過，他們很得意能夠幫我找到這位老師，他們真的認為學音樂就是那麼回事，學什麼樂器都一樣。我的父母不是很有文化素養的那種人，為了幫我找音樂老師，他們已經付出很大的努力了。

我什麼也不敢說，當他們問我喜不喜歡這個禮物的時候，我露出開懷的笑容回答：喜歡。

那一天晚上，在房間裡，我躲起來哭了好久。

後來，很久以後，我試著要學小提琴，可是我很快就知道，已經太晚、太晚了。我的手指已經不夠柔軟，那時候我的鋼琴程度已經很好了，但我拉小提琴只拉得出吱吱嘎嘎的嚇人聲音。

這一天晚上，我明白了一件事，因為我愛我的父母而且希望他們愛我，所以我過去太乖了；所以我七歲生日那天不想讓他們難過；所以我做了他們期待我做的事，結果卻毀了我的一生。

於是我決定在我剩下的日子裡，如果遇到什麼重要的事，我絕對不再、不再做違背自己心意的事情去討好別人。

你們知道，有很多人跟我求過婚，有很好的對象，有很真心愛我的男人，他們應該會盡一切可能讓我幸福。那時候，不結婚會讓人覺得很奇怪，而我的父母也很堅持，要我接受。

可是在我心底，我知道我不適合婚姻。我不想要結婚。我想要一直過自由的生活。於是，我每一次都說『不』。

這一輩子走來，我繼續這麼做，我一直問自己：事情難道不可能有其他的樣子嗎？當事情不是像我想要的那樣，當我不想要的時候，我就說『不』，就算這會讓別人難過，我還是會說『不』。

我喜歡自由勝過禮貌。我喜歡做我喜歡的事勝過讓別人喜歡我。」

貝雅婆婆露出微笑，然後像小貓滿足的時候發出呼嚕呼嚕的聲音，她說：

「剛才告訴你們的事，我從來沒有跟任何人說過。不過你們有權利知道。我說完了，這就是為什麼我是個怪物！」

如樂握住貝雅婆婆的手。

「您不是怪物。您是一個很自由的人。我很確定您這麼做是對的。」如樂的聲音非常誠懇。

歐柔覺得很困擾，因為她的想法跟如樂完全不一樣，可是她怕說出來會讓貝雅婆婆不高興。另一方面，她也明白，為了怕她不高興而什麼都不說，她會十倍的不高興。

「我覺得我不會比較喜歡讓別人討厭，或是讓別人難過，」她說：「我真的很喜歡讓別人喜歡我。我喜歡讓別人快樂。」

貝雅婆婆露出微笑看著她說：

「很好，你看，你不怕把這些事告訴我。這樣很好！而且，在拉小提琴的時候，要做的就是讓人們開心。你有不同的看法是很正常的。」

貝雅婆婆的頭往肩膀縮了進去，這是告訴他們，談話結束了，她的樣子就像一隻快要睡著的母雞。

第二十三章　退學危機

雖然如樂去歐柔家作客的時候很乖，但他依然是班上的小魔王。

在歐柔媽媽的建議下（這真是她遇過最棘手的事情，她向校長解釋，拿離開媽媽這種事情來嚇如樂，實在不是個好主意），校長不再跟如樂說要送他去「少年感化院」的事了。可是她找到另一個更實在的方法來嚇如樂，那就是：退學。

如樂明白這個恐嚇是有可能實現的。這讓他感到恐慌。被這個學校開除，他就會失去歐柔，他媽媽就得幫他付學費，讓他去讀私立小學，這是他媽媽一定做

不到的事。私立學校的學費很貴，他很清楚，他媽媽根本沒有錢。她甚至沒錢在夏天帶他去度假。

他並沒有因此改變自己在班上的行徑，反而變得更壞，晚上睡覺的時候，他開始做惡夢。每天晚上，他都夢到人家把他踢出學校，他不敢回家告訴媽媽，於是在街上遊蕩，不知道要去哪裡。大半夜裡，他都為這種事害怕得要命。

如樂把他的惡夢告訴歐柔的時候，歐柔覺得好難過，她很想幫助他，可是不知道該怎麼做。

她想了好幾天，終於想出一個解決的辦法。

有一天晚上，歐柔在刷牙的時候想到貝雅婆婆和恩內絲汀姑媽，她覺得腦袋裡好像發出「噹」的一聲。

這就是解決的辦法。

但是要讓如樂明白，得讓他自己想通才行。她很確定事情應該是這樣的。

歐柔又在牙刷上擠了一點牙膏，因為這樣能讓她想得更清楚。

那麼她要怎麼做才能讓如樂自己想明白呢？我們想別人的事總是比想自己的事清楚得多！

歐柔漱了漱口，對著鏡子裡的自己露出一個大大的微笑。這一次，她很確定她想出辦法了。

第二十四章　什麼是自由？

「你知道嗎？」第二天下課休息的時候，歐柔說：「我好好想過貝雅婆婆那天跟我們說的話。嗯，有時候，我會問自己：我真的是一個自由的人嗎？」

「是喔？你是怎麼想的，快告訴我。」如樂一副很感興趣的樣子。

「我是老師心目中的乖寶寶，也是我哥哥、姊姊心目中的乖寶寶，總之，你也知道，有很多人都對我有一些期待。結果，我變成一定得這麼做，不然，他們就會失望。你明白嗎？」

「我明白呀。」如樂說。

「就像貝雅婆婆，她接受鋼琴課的時候也是這樣。」

「真是這樣沒錯。」如樂說。

「在恩內絲汀姑媽家的時候，卡蜜兒才是乖寶寶。」歐柔接著說：「一開始，這種感覺很奇怪，可是到頭來，我發現這樣還滿愉快的。在那裡，我可以調皮搗蛋，我覺得很自由，你懂嗎？」

「我懂。」如樂說。

「如果我可以一直保有那種在恩內絲汀姑媽家的感覺，那就太棒了。」歐柔補充了一句。

「那你得在學校做一點調皮搗蛋的壞事才行。」如樂說。

「或許吧，」歐柔露出微笑。「可是我也不知道能做什麼壞事。」

「嗯，這樣吧，」如樂說：「你可以從這個開始，你可以故意把你的書包弄掉在地上，然後再花很多時間把鉛筆一枝枝撿起來。」

「好，」歐柔說：「我來試試看。」

「你做不到的。」如樂說。

「才怪。」歐柔說。

第二十五章　開始搗蛋

說到做到。下一堂課，坐在第一排的歐柔，把她書包裡所有的東西都弄掉在地上，她花了很多時間才把它們統統撿起來。

「歐柔，你生病了嗎？」老師問她。她不相信她心目中的乖寶寶會故意搗蛋。

「沒有啊，我很好。」歐柔說。

「我很確定你生病了。」老師這麼說。她繼續上課，假裝沒看到歐柔第二次把她的書包弄掉到地上，還花了比第一次更多的時間才把東西都撿起來。

中午在學生餐廳吃飯的時候，如樂和歐柔嚼著軟軟的炸薯條，一邊討論著早上的事。

「你猜老師讓我想到誰？」如樂問她。

「誰？」歐柔說。

「我想到我媽媽，她去你家接我的時候就是這樣，你知道嗎？你們第一次在週末邀我去玩的時候。」

歐柔覺得胸口有一股刺刺癢癢、舒服的感覺，因為她的計畫一步步實現了。

「為什麼呢？」歐柔問他。

「她不願意相信我在你們家超級乖的。」如樂回答。

「然後呢？」歐柔愈來愈高興了。「我可以吃你的薯條嗎？我的吃完了，可是我不想吃我的炸魚片。」

「當然可以，」如樂說：「你吃啊，自己拿。今天早上，你說你不自由，因為你是所有人心目中的乖寶寶……」

「是啊。」歐柔滿嘴都是食物。

「嗯，我也一樣！」如樂激動的說：「我也不自由！因為所有人都認為我會調皮搗蛋——我媽媽、老師、校長……。這樣實在很蠢，可是我不得不做這些壞事，他們才不會失望。」

「既然這樣，那你在我家的時候為什麼不做壞事？」歐柔問他。

「我想那就像你在恩內絲汀姑媽家一樣。在你家的時候，沒有人對我有任何期待。」

「如樂……」

「怎麼了？」

「如樂，你真棒！我想，你剛剛明白了一件很重要的事！」

「這都是因為你！」

他們靜靜的互相看了好一會兒，然後突然之間，就在同一秒鐘，他們一起放聲大笑。

第二十六章　交換位子

歐柔和如樂說好了，他們要互相幫助，讓對方獲得自由。

根據他們共同的看法，比較緊急的是要讓如樂獲得自由，因為他在班上是小魔王，而且有可能因為這個惡名而被學校開除。

「我跟你解釋過那三條定理，」歐柔說：「不過首先你得坐到第一排。」

第一排並沒有空位，可是歐柔認為這麼做對於幫助如樂獲得自由很重要。

當天傍晚放學的時候，她跑去找老師，她問老師可不可以跟她面對面談一下。老師有一點驚訝，但還是接受了。

「我想幫助如樂，讓他不要再調皮搗蛋了。」歐柔說：「我很確定他做得到，可是如果坐在最後一排的話，就太難了。我想把我的位子讓給他。」

老師一開始並不同意，她不想讓歐柔為了如樂犧牲自己。可是這個小女孩很堅持，老師沒辦法，只好答應試試看。

「我可不相信這樣就會有用，」老師說：「這個孩子根本就無藥可救。」

「我很確定這麼做有用。」歐柔笑著說：「謝謝老師，謝謝你願意試試看。」

第二十七章　最後一排

第二天早上，老師什麼也沒說，如樂就坐到了第一排座位，歐柔則去坐在最後一排。

她坐在莎拉旁邊。莎拉是一個金髮的小女孩，有一對黑色的大眼睛。歐柔跟她不熟，不過她一直都覺得莎拉人很好。

一整天下來，如樂沒做任何一件調皮搗蛋的壞事。

老師不敢相信自己的眼睛。

而這段時間裡，莎拉跟歐柔聊了起來。剛開始的時候，歐柔不聽她說，還跟她說了好幾次，她想聽老師上課。但是等她發現老師正在為那些沒聽懂的同學講解昨天上過的課，她就改變心意了。

莎拉仔仔細細說著她每天晚上看的那齣連續劇。歐柔從來就沒有看電視的權利，或者說，她不想看，但是莎拉說的故事聽起來似乎很令人著迷。那是一個很棒、很坎坷的愛情故事，高潮迭起，尤其是失蹤的父母親突然又出現了。歐柔心想，如果如樂的爸爸也突然出現就好了。當然，他必須長得帥、又有錢、對人又好才行。不過，事情一定會是這樣的。

另一方面，歐柔也明白了，坐在第一排的小朋友的一舉一動，全都逃不過最後一排的小朋友的眼睛，他們不只看得清清楚楚，還會分析，甚至熱烈的批評。譬如，喬安娜引以為傲的髮型，在最後一排沒有半個人欣賞——她可是去美容院，像她媽媽那樣，讓美髮師整理出來的。所有人都認為那不是真的，而且，那樣很醜。

歐柔不得不承認，她同意最後一排小朋友們的看法。她心想，如樂現在換了位子，他會不會也被批評呢？她很快就明白，那是不可能的。因為如樂是他們的好朋友，所以他們從來不會說他的壞話。歐柔也發現，自從她跟如樂變成朋友以後，她在最後一排受歡迎的程度明顯提高了。

「我們本來以為你有點遜，」莎拉解釋給她聽：「你做任何事總是做得很完美，老是得到班上的第一名。可是我們發現，其實你不只是這樣，因為你對如樂很好。」

所以，其實歐柔並不是班上所有人的最愛。

「可是當班上的第一名又怎麼樣呢？」歐柔很客氣的問莎拉：「這妨礙到誰

了嗎？」

莎拉睜大眼睛說：

「這礙到誰了？這礙到班上每一個人啊！一定有人也會想要偶爾當一當乖寶寶呀……可是前幾名的那些人，他們占了位子就不離開，於是其他人都沒機會了。這樣很自私耶，你不覺得嗎？」

歐柔又想到恩內絲汀姑媽家的那兩頭乳牛。她心想，就是在那時候，她明白了，卡蜜兒也會想當某些人心目中的乖寶寶。

「我也不想占著位子不走啊。」歐柔低聲說：「真的不是這樣的。其實，我根本不想這樣，你懂嗎？我根本就沒想到事情是這樣的。」

「歐柔，我已經跟你說了三次，叫你不要再講話了，」老師大聲的說：「如果你繼續講下去我就叫如樂帶你去校長室！」

第二十八章　無比的自由

如果有人問歐柔：她究竟是在什麼時候才明白，不必當一個超級乖寶寶也可以很快樂？她一定會回答，一開始她在恩內絲汀姑媽家的時候有一點明白，後來，她把第一排的位子讓給如樂的時候，才完全明白。

因為從這一天起，如樂就永遠不當班上的小魔王了。

這讓歐柔開心得不得了，比起她之前所有的乖寶寶事蹟，還讓她開心。

當然，如樂沒有變成一個十足完美的小朋友。有時候，他還是會在椅子上動

來動去，做做鬼臉，或是把什麼東西掉到地上，然後故意花上很多時間才把東西撿起來。不過即使如此，如樂還是變成了一個大家都可以接受的學生，認真參與課堂討論，而且經常提出合情合理的看法。

至於歐柔，她也沒有在一夕之間就不當好學生了。她讓莎拉明白，當老師教新的一課的時候，絕對要聽，不要聊天，直到完全明白為止。一開始，莎拉還會低聲嘮叨抱怨，可是幾個星期下來，當她看見自己的成績變好了，晚上寫作業的時候也覺得愈來愈簡單了，她才知道，歐柔的方法真的很棒。

當卡蜜兒問爸媽今年暑假可不可以再去恩內絲汀姑媽家的時候，歐柔很熱情的支持她。

由於托瑪斯的朋友邀他去他們家過暑假，恩內絲汀姑媽於是提議，兩姊妹當中有一個人可以邀一個朋友一起來——她心裡想的當然是卡蜜兒。歐柔看著卡蜜兒，心想這是很正常的，畢竟卡蜜兒的年紀比較大，當然是她優先。不過，有一個週末，如樂來他們家玩的時候，她的爸媽問如樂喜不喜歡鄉下，這時歐柔看見卡蜜兒露出溫柔的微笑，歐柔開心極了。

這個暑假當然是歐柔經歷過最美好的假期。然而，卡蜜兒很明顯的還是恩內絲汀姑媽最疼愛的乖寶貝，她睡在銅欄杆的床上，坐在卡車的前座，而且每天早上，最漂亮的果醬烤麵包都是給她的。

但是到了他們該回家的時候，歐柔一點也沒有像去年那樣，一想到要回去原本熟悉的環境，就覺得非常難過。火車載著他們往巴黎駛去，歐柔看著如樂，如樂看著歐柔。

他們在一起，就可以面對一切問題。他們感覺到無比的自由。

讀書會

你跟歐柔一樣，是個乖寶寶嗎？還是和如樂一樣調皮、搗蛋呢？
這兩種行為表現方式對其他人會不會造成影響，或是讓自己有什麼困擾呢？
想一想，歐柔善於觀察周圍人們的喜惡，
嚴守著「乖寶寶」該做的事情，
即使覺得笑話不好笑，仍要露出笑容。
而如樂則相對自由，有著自己是否要搗蛋的選擇。
或許乖寶寶和小搗蛋各自有自己的處事方式，
究竟該如何適度調整自己，體驗不同的人際關係跟作為呢？
跟著快問快答，一起重新認識自己吧！

快問快答

1. 歐柔VS如樂超級比一比：

想一想，分別用十個形容詞來描述歐柔和如樂，試著說說看或寫下來。

2

乖寶寶VS搗蛋鬼大PK：

面對同一件事，不同個性的人會有不同的反應。當面對以下的事情，乖寶寶和搗蛋鬼會怎麼做呢？如果是你自己，又會做出什麼決定呢？

事件	乖寶寶的反應	搗蛋鬼的反應	你的反應
想邀請同學來家裡玩，但是家裡空間不夠大。			
哥哥準備喝光剩下來的巧克力牛奶，但是自己也想喝時……			
班上公用文具不見了，同學誤會是自己弄丟的。			
同學惡作劇，把自己的課本藏起來。			
下課時間，好朋友再也不找自己聊天、玩耍。			
上課時，因為同學不斷的說話、搗蛋，影響自己上課……			
聽到同學批評自己時……			
爸爸媽媽因為工作忙碌，週末常常無法與家人出遊。			

3 乖寶寶歐柔的一日生活體驗：練習用乖寶寶歐柔的思考模式生活一日，並在當天睡覺前，和家人分享這一天的生活感想。你發現生活有什麼不同嗎？

4 你希望所有的人都喜歡你嗎？為什麼呢？你又曾經做過哪些討人喜歡的事情呢？

5 如果遇到讓你覺得不舒服的事情，你會如何表達自己的情緒和想法呢？

6 當你發現自己不開心、難過或生氣時，你通常會做些什麼事情，讓自己不繼續傷心或生氣呢？

7 你曾經是個乖寶寶或搗蛋鬼嗎？說一說，當時的你和現在的你想法有什麼不同呢？

8 如果個性是可以購買而擁有的，你想購買哪些性格呢？為什麼？

9 為什麼歐柔會問自己：我是一個自由人嗎？身為一個自由人的定義是什麼？

10 你覺得「享受自由」和「遵守禮儀」有什麼關聯呢？

導讀

在順服的同時，成為真正的自己

◎親職教育專家　楊俐容

人本心理學家羅哲斯在他的經典著作《成為一個人》裡頭說：「人最想要達成的目標，以及自覺或不自覺追求的終點，乃是要變成他自己。」《超級乖寶寶》所要描繪的，就是這麼一段自我覺醒與自我追尋的旅程。

在孩子的成長過程中，為了要獲得某些人的關注與讚賞，為了要留給別人美好的印象，以致於刻意調整自己的行為，符合別人的要求，是常有的事情。順服他人是孩子社會化的重要機制，而當乖寶寶所獲得的獎賞又能帶給孩子莫大的價值感，就像書裡所寫的「這實在讓人覺得太愉快了」，因此，無論是父母或孩子，大概都不會視之為壞事。

然而，當符合別人的期待成為生命的唯一腳本，「維持乖乖牌」的形象成為生活的最終目標，任何人都會面臨違背自己內在感受、無法表達自己真正想法的窘迫，不僅辛苦難受，差距太大時還會造成虛假的自我，引發對自己的懷疑。俗話說：「乖孩子的傷最重」，在現實生活中，因承受不了對自己的完美要求，以致於傷痕累累的孩子比比皆是。

歐柔非常幸運，能夠從生活經驗中逐漸覺醒，並且堪稱順利的突破「乖寶寶」的限制，從「生氣不是她的習慣」，到學會真誠面對自己。但是，在現實生活中，孩子要踏上自我追尋的旅程，卻需要父母的全然支持。了解並接納孩子獨特的個性，鼓勵孩子表達自己的想法與感受，在合理的範圍內尊重孩子的決定，為孩子訂定恰如其分的規範與期待，是幫助孩子成為自己的重要基礎。

譬如書中的歐柔與如樂，一個天生順服、一個調皮搗蛋，他們的生命各有不同的趣味，但也都必須學習適度調整自己。如樂學會了在別人可以接受的範圍內我行我素，歐柔則不再受「乖寶寶」的限制，能夠更自在的去體驗不同的作法與感受。父母在陪伴孩子閱讀的同時，也可以隨著故事的發展，引導孩子思考不同特質的孩子，各有什麼樣的優點，又在什麼時候會對自己或別人構成困擾。哲學家齊克果說，最深切的絕望乃是「做不是自己的人」，希望天下父母在教導孩子順服的同時，也能夠支持孩子「成為真正的自己」。

給父母的小提醒

- 了解孩子天生的個性無法改變，但可以適度的調整。
- 接納孩子獨特的個性，避免給孩子負面標籤。

- 鼓勵順服的孩子表達自己的感受與想法，避免過度強化孩子的乖巧。
- 在合理的範圍內尊重孩子的個別差異，當超出範圍時則要適時規範。

給孩子的小建議

- 在你的生活中，有像歐柔、如樂或者安哲羅、卡蜜兒、托瑪斯這樣的人嗎？試著描述看看。
- 你認為他們每一個人的優點是什麼？他們每個人的個性又會碰到什麼不一樣的問題呢？
- 每個人是不是可以想怎樣做就怎樣做？或者是別人要我們怎麼樣，我們就該順服他們呢？
- 在生活中，你是否常常可以從和你不同的孩子身上學到什麼呢？

推薦文一

當了乖寶寶，卻還是有人不喜歡我？

◎臺中縣大元國小老師　老ㄙㄨ老師

看完《超級乖寶寶》這個故事，心裡頭總有種驚悚的感覺。因為從小我就是爸媽、老師眼中的乖寶寶，我太清楚小女孩歐柔的想法了。為了當別人心目中的乖寶寶，必須犧牲掉很多自己喜愛的種種，失去當自己的自由。

我的班上之前也有一位超級乖寶寶，她就像歐柔一樣有禮貌、有教養。但是成為大家眼中的乖寶寶，反而使她的人緣變差，她陷入了痛苦的兩難中——當了每個人心目中的乖寶寶了，還是有人不喜歡我？下回我再遇上這樣的孩子，我會告訴他：乖寶寶要當得快樂、為自己而當，這樣的心才會是自由的！

推薦文二

不盡相同，讓這個世界更可愛

◎中央大學學習與教學研究所教授　柯華葳

沒有兩片葉子是一樣的。沒有兩個人，即使是同卵雙生，是一樣的。站在鏡子前，看自己似乎左右對稱，卻不全然一模一樣。聽起來老套，但這「不盡相同」卻是人類爭端與戰爭的來源。最典型的例子是上一世紀德國希特勒以猶太人是不一樣且不優秀的民族所進行的滅族戰爭。

人與人有爭端，大都是因看到別人與自己不同。個人看自己的不同為優越的表現，認為自己比較聰明、有品味。但是一看到別人的不同，則滿是貶抑——不優秀、不好、不聰明、沒品味等。有趣的是，在不斷比較與別人的相同與不同時，絕大多數的我們都不想「太不一樣」，但也不要「一個樣」，我們希求「不盡相同」。

故事中的主角可能與你我有所異同，但他們都在你我身邊。歐柔這個百依百順的超優質女生因為和有行為問題、天天被送到校長室的如樂竟很相似——兩人都要假裝，一個假裝乖，一個假裝不乖，以符合眾人的看法。從他們各自的心境來看，相同與不同之間的差異，其實不大。

接受自己跟別人不盡相同和接受別人與自己不盡相同都是要學習的，而且是一生的功課。這本書是一面鏡子，不過要用「感受」來讀，學習同理、憐恤、自信以及相同與不同之間的互助與互補。唯有認識自己與眾人在不同中有很多相同點；同時肯定他人與自己在相同之中，仍有許多不同之處，透過包容與欣賞，自然可以克服爭端與戰爭。

臺灣社會之所以愈來愈有趣，是因為有愈來愈多的「不盡相同」，而且彼此欣賞。可愛的臺灣，需要我們繼續努力去維持、去創造「不盡相同」。

推薦文三

乖寶寶和壞寶寶，會一直都是這樣嗎？

◎宜蘭岳明國小　李公元老師

超級乖寶寶，什麼時候變壞寶寶？超級壞寶寶，什麼時候變乖寶寶？

初拿到文稿時，便一口氣讀完它。開頭的前幾個篇章，歐柔的乖寶寶事蹟，不斷上演著，讓人不禁心想，何時她才會開始有變成壞寶寶的可能呢？後來，作者最後安排了貝雅婆婆、恩內絲汀姑媽出現，開始讓歐柔有可能不要那麼乖巧、不要那麼完美主義；畢竟要變成人見人愛這件事，是天底下很難有的童話故事。

但，故事的高潮還在後頭！

班上出現了小魔王如樂。這位小男孩，竟成為歐柔發現可以不那麼完美的關鍵人物。在校園中，常常發現小孩們互相影響、互相幫助彼此的成長；這個故事雖然塑造了兩個極端的小孩——超級乖的歐柔和超級不乖的如樂，但最後結局是乖小孩也可以壞一下，壞小孩其實也可以很乖。人的心底本來就有小天使與小惡魔，這個故事似乎讓我們看到這些微妙的變化……

因為自己從事教職，常會遇到形形色色的學生。故事中的女主角歐柔不斷讓我想到一位學生：一個完美的小女孩，演奏小提琴的高手；她跟故事中的歐柔很像，但又和歐柔有很大的不同。演奏音樂時的她，專注認真超級完美；但私底下的她卻頑皮又凶巴巴。我邊讀故事，一直想著如果她看到這個故事會怎麼想呢？或許，她也曾經面臨是否要當個超完美乖寶寶，但是我很高興，她現在應該已經找到可以讓自己表現得很自在的個性了。

這是一本沒有壞人出現，卻可以完美演奏出小孩內心戲的好書，我會熱情推薦給我的學生，也推薦讀者們一定要讀一讀這本書。

樂讀456　052

超級乖寶寶

作　　者｜碧娥翠絲・安梅
繪　　者｜克柔德・K・杜柏瓦
翻　　譯｜尉遲秀
責任編輯｜沈奕伶、楊琇珊
特約編輯｜許嘉諾
行銷企劃｜葉怡伶

天下雜誌群創辦人｜殷允芃
董事長兼執行長｜何琦瑜
兒童產品事業群
副總經理｜林彥傑
總監｜林欣靜
版權專員｜何晨瑋、黃微真

出版者｜親子天下股份有限公司
地　　址｜臺北市 104 建國北路一段 96 號 4 樓
電　　話｜（02）2509-2800 傳真｜（02）2509-2462
網　　址｜ www.parenting.com.tw
讀者服務專線｜（02）2662-0332 週一～週五：09:00~17:30
讀者服務傳真｜（02）2662-6048
客服信箱｜ bill@cw.com.tw
法律顧問｜台英國際商務法律事務所・羅明通律師
製版印刷｜中原造像股份有限公司
總經銷｜大和圖書有限公司 電話：（02）8990-2588

出版日期｜ 2010 年 4 月第一版第一次印行
2022 年 2 月第二版第三次印行
定　　價｜ 260 元
書　　號｜ BKKCJ052P
ISBN　｜ 978-957-9095-72-3（平裝）

訂購服務
親子天下 Shopping ｜ shopping.parenting.com.tw
海外・大量訂購｜ parenting@cw.com.tw
書香花園｜臺北市建國北路二段 6 巷 11 號 電話（02）2506-1635
劃撥帳號｜ 50331356 親子天下股份有限公司

立即購買 >

國家圖書館出版品預行編目 (CIP) 資料

超級乖寶寶 / 碧娥翠絲 . 安梅 (Béatrice Hammer)
文 ; 克柔德 .K. 杜柏瓦圖 ; 尉遲秀譯 . -- 第二版 . --
臺北市 : 親子天下 , 2018.06
120 面 ; 14.8 × 21 公分 . -- (樂讀 456 ; 52)
譯自 : Superchouchoute
ISBN 978-957-9095-72-3(平裝)

876.59　　107006009